亞瑟小子

我愛大鼻子

文・圖／馬可・布朗

譯／畢恆達 & 洪文龍

遠流出版公司

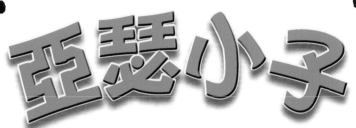

■策劃者的話■

亞瑟的奇蹟

畢恆達
（國立台灣大學建築與城鄉研究所副教授）

一位深情的父親，夜晚在床前說故事給兒子聽，造就了日後亞瑟的奇蹟。作者馬可・布朗(Marc Brown)的兒子托倫(Tolon)，要求爸爸在睡前說一個怪物的故事；他順著英文字母ABC的次序開始想，一個名叫亞瑟（Arthur）的食蟻獸（aardvark）馬上躍入腦海。1976年《我愛大鼻子》出版，開啟了〈亞瑟小子〉繪本系列的傳奇。

風靡全球的兒童麻吉

1996年，亞瑟的故事搬上美國公共電視螢幕，成為家喻戶曉的卡通人物，是公共電視最受歡迎的招牌節目之一，更創下五度榮獲美國電視卡通「艾美獎」的殊榮。2002年在台灣「迪士尼頻道」播出期間，也極受歡迎。至今，〈亞瑟小子〉相關系列圖書，已出版約160本，在美國銷售超過6千萬冊，並多次榮登《紐約時報》暢銷書榜首以及多項最佳童書獎。

亞瑟的故事，基本上處理幼稚園及小學的兒童在成長過程中幾乎都會遭遇的各種問題，從掉牙齒、睡過頭、戴眼鏡、養寵物，到電腦故障、參加夏令營等。作者馬可以簡單的文字與圖像、一貫同理而熱情的態度，告訴大小讀者：「和別人不一樣，是一件OK的事情。」他不直接正面說教，但是讀者在仔細閱讀的過程中，自然會發現「忠於自己」與「接受差異」的訊息。

改變中的亞瑟容貌

閱讀整個〈亞瑟小子〉系列繪本的讀者，必然會發現亞瑟的容貌有了很大的轉變，到後來甚至已看不出食蟻獸的影子。這就如同史努比的形象，也隨著時間成長而改變。為了要說更多亞瑟的故事，需要繪製更多不同的表情，也為了吸引更多的讀者，馬可在不知不覺中緩慢改變了亞瑟的造型。

習慣收看亞瑟卡通的讀者，也許會對早期繪本中的亞瑟造型感到不習慣；小朋友也許會感到困惑；有的大人也許會生氣。不過，回到亞瑟系列的第一本《我愛大鼻子》，馬可在書中其實已經說了：「對亞瑟來說，還有許多比他的鼻子更重要的東西呢！」

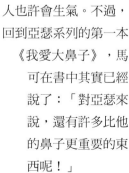

畢老師看《我愛大鼻子》

作者馬可．布朗曾經做過卡車司機，可是經常迷路；也曾在大學教書，沒想到這所有106年歷史的古老大學不久就關門了；他還當過廚師與電視台的藝術指導。然而他最享受的一件事，還是在床前說故事給他的小孩聽。他兒子托倫很喜歡聽其中一個故事，主角是一隻討厭自己鼻子的食蟻獸。馬可根據這個故事，創造了他的第一本繪本——《我愛大鼻子》，主角亞瑟也因此擄獲了無數大小讀者的心，成為家喻戶曉的明星。

亞瑟是一隻食蟻獸，他的家人都愛他，也喜歡他的鼻子。可是他長長的鼻子經常遭受同學的嘲笑，帶來不少困擾；於是他決定去找鼻科醫生幫忙，看看能不能換個新鼻子……

《我愛大鼻子》敘說一個無論大人或小孩都會喜歡並且感動的故事，而其中亞瑟替換各種不同動物鼻子的畫面，更是讓人忍俊不住的開懷。喔，原來每種動物的鼻子都各有特色。仔細看看，在搭配不同動物鼻子時，亞瑟的眼神也都不一樣喔。我在想，如果亞瑟真的換上了兔子或大象的鼻子，他會變得比較快樂嗎？其實，不必每個人都長得一個樣，亞瑟的鼻子雖然和別人不同，但仍然是一個好看的鼻子。每個存在世上的人，都已經是一種恩典。

〈亞瑟小子〉的繪本裡總是有林林總總不同的動物，就像人們有不同的膚色與體型，穿著不同的服裝與鞋子。大家不妨一邊看書一邊猜猜看，亞瑟的同學分別是哪些動物？有沒有發現其中還有一對雙胞胎？還有，鼻科醫生為什麼會是犀牛呢？拿出字典，查查看鼻科醫生和犀牛的英文單字怎麼拼，就知道答案囉。

《我愛大鼻子》不只是課外的讀物，更可以成為老師上課的輔助教材。「國語課」時，老師可以請學生大聲唸出繪本文字，認識其中的生字詞；「作文課」可以請學生描寫如果亞瑟決定換成犀牛鼻，接下來的故事如何發展；「生活課」時可以請學生敘述生活中有哪些簡單與困難的決定，或是討論繪本中「少了我的鼻子，我就不再是我」的意思；「音樂課」則可以請學生一起來以亞瑟的鼻子填詞，然後用「兩隻老虎」的旋律來唱歌。這些都是繪本可能的魅力所在。

給
托倫

這是亞瑟的家。

這是亞瑟。
他一直很煩惱
他的鼻子。

這是亞瑟的
媽媽。

這是亞瑟的爸爸。

這是亞瑟的妹妹。

他們都愛亞瑟， 也都喜歡亞瑟的鼻子。

哈ㄏㄚ～ 哈ㄏㄚ啾ㄐㄧㄡ！

有一天， 亞瑟決定不再喜歡自己的
鼻子了。
他的鼻子因為感冒而變得紅通通。
妹妹覺得他的鼻子看起來很好笑。

在學校裡，亞瑟的鼻子很討人厭。
坐在他前面的法蘭西向老師抱怨，
她說亞瑟的鼻子一直干擾她！

Ff Gg Hh Ii Jj

當亞瑟和同學玩捉迷藏時，
他總是第一個被發現。

吸ㄒㄧ～嚕ㄌㄨ～

同學都覺得他的鼻子很好笑。
可是，他能拿鼻子怎麼辦呢？

超好玩
黏土

他可以換個鼻子啊！
那是解決鼻子問題的
好辦法。

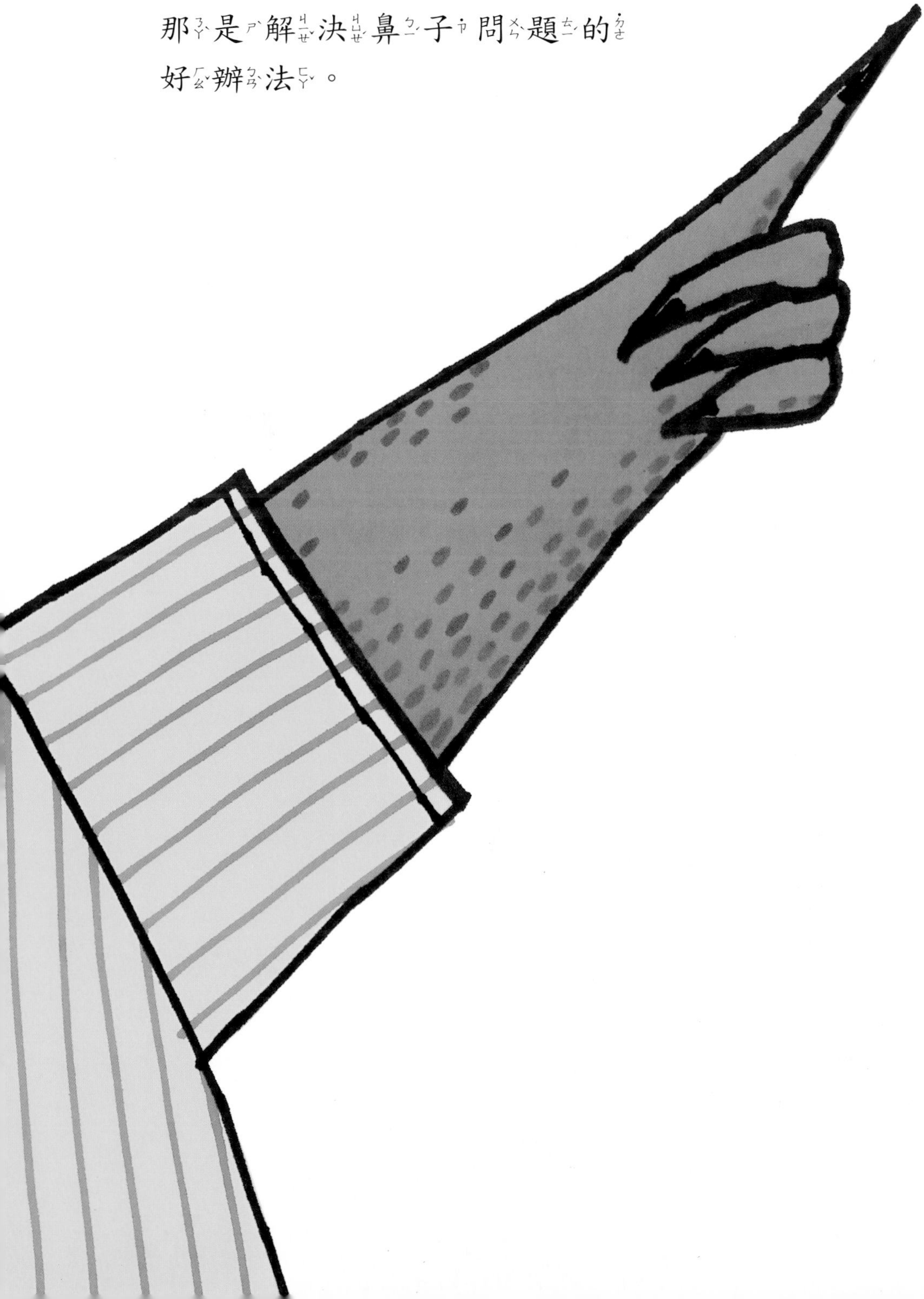

亞瑟跟他的同學說，
他要去找鼻科醫生換個鼻子。
同學聽了都很驚訝！

吸ㄒㄧ～嘶ㄙ～

路易絲醫生很幫忙。
她建議亞瑟，先試試不同鼻子的圖片，這樣就可以從中挑選一個他最喜歡的鼻子了。

路易絲醫生

亞丫瑟ㄙㄜˋ試ㄕ了ㄌㄜ˙所ㄙㄨㄛˇ有ㄧㄡˇ的ㄉㄜ˙鼻ㄅㄧˊ子ㄗ˙。

雞ㄐㄧ

魚ㄩˊ

大ㄉㄚˋ象ㄒㄧㄤ

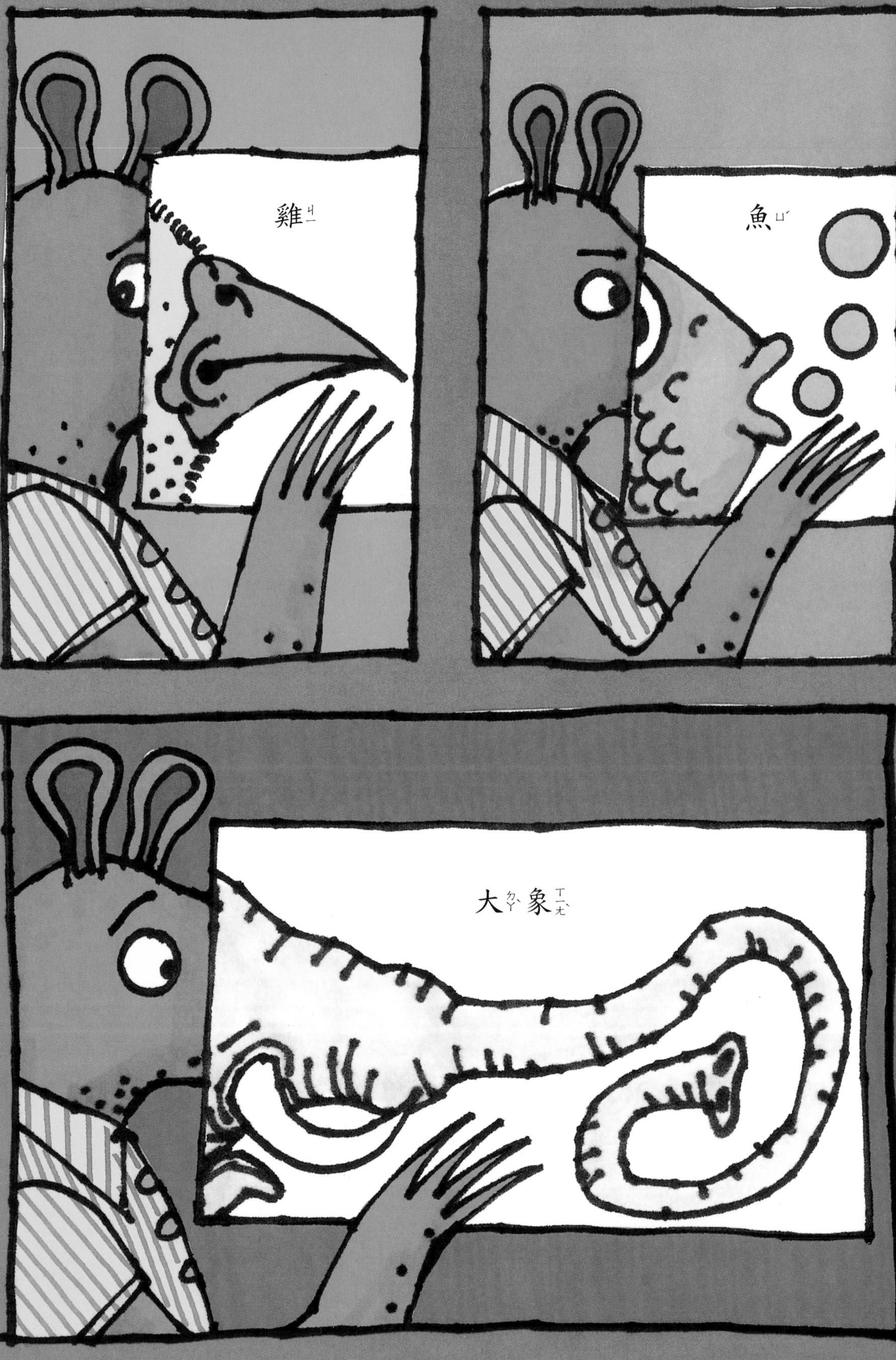

無ㄨˊ尾ㄨㄟˇ熊ㄒㄩㄥˊ

河ㄏㄜˊ馬ㄇㄚˇ

犰ㄑㄧㄡˊ狳ㄩˊ

巨ㄐㄩˋ嘴ㄗㄨㄟˇ鳥ㄋㄧㄠˇ

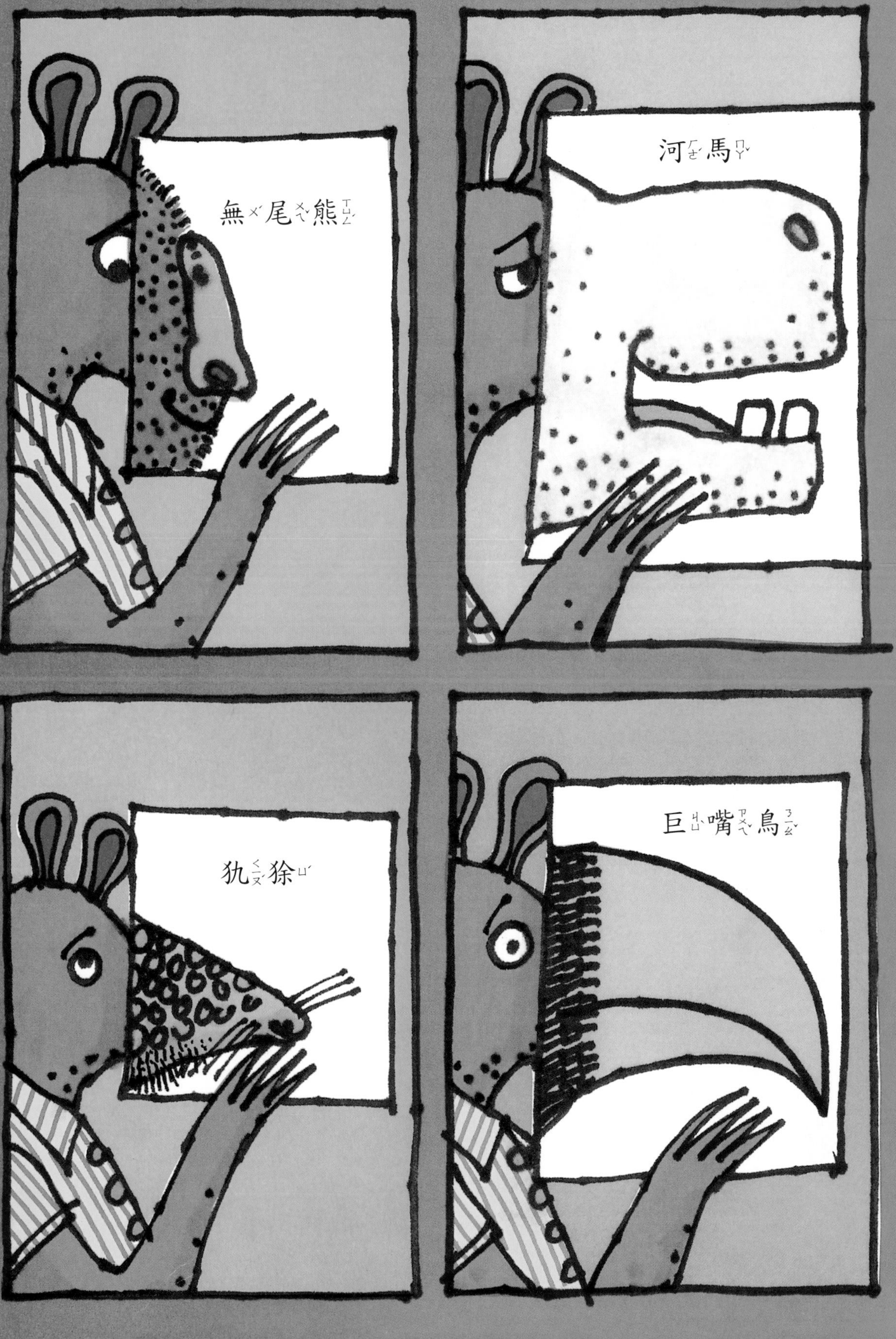

但是，要下決定真的很困難。

鱷ㄜˋ魚ㄩˊ

犀ㄒㄧ牛ㄋㄧㄡˊ

亞瑟的同學都在外面等，
想看看他選了哪一個鼻子。

我很好奇，到底他的新鼻子看起來會像什麼？
你認為他的新鼻子會比我的好看嗎？
我一定會很懷念亞瑟的舊鼻子。

我不敢相信！那是亞瑟！
哇！
說不定他再也不想跟我們玩了！

結果，亞瑟並沒有換掉他的鼻子。

亞瑟說：「我試過那裡的每一個鼻子。可是，少了我的鼻子，我就不再是我了。」

不管，我還是要換座位啦！

對亞瑟來說，還有許多比他的鼻子更重要的東西呢！

一年級
游蘭達老師班級合照

▌作者簡介▌

馬可・布朗(Marc Brown)，1946年生，為美國知名的暢銷童書創作者。馬可兼作家、畫家與教育專家於一身，其作品數量豐富且獲獎無數。1976年因創作出版〈亞瑟小子〉系列首本《我愛大鼻子》 而一舉成名，此後三十年陸續出版百餘種〈亞瑟小子〉相關書籍、卡通影集與週邊產品，亞瑟卡通並五度獲得艾美獎肯定。其筆下的亞瑟及其家人朋友，早已是美國家喻戶曉的卡通人物。

除〈亞瑟小子〉之外，馬可還有許多優秀的繪本作品；同時並與妻子蘿瑞・布朗共同創作〈生化超人兔〉、〈恐龍家庭教養繪本〉（遠流出版）等膾炙人口的童書系列。馬可與家人目前居住在美國麻薩諸塞州。他平常不僅巡迴各地為孩子演講，更熱心的為家長解答許多與孩子相處及教養方面的問題，至今也仍不斷創作出新的繪本與卡通。

▌策劃者 & 本書譯者簡介▌

畢恆達，四年級後段班，國立台灣大學土木工程學研究所碩士，美國紐約市立大學環境心理學博士，現任國立台灣大學建築與城鄉研究所副教授。長期關心弱勢族群、空間與環境、性別與兒童等特殊議題。

童年成長在貧窮的鄉下，沒有見過兒童繪本，也沒有電視。除了教科書之外，印象最深刻的是一本雜誌──《小學生》，裡面有恐龍的故事、描寫秦良玉的漫畫。它以及中廣的「小說選播」陪伴度過了童年。長大以後，學術理論讀得愈多，卻愈來愈喜歡兒童繪本的純真、美麗與充滿想像。如果能夠把所學轉化成為繪本與兒童一起分享、成長，那會是一件很幸福的事情。著有《教授為什麼沒告訴我？》、《空間就是權力》、《空間就是性別》、《GQ男人在發燒》等書，並譯有《橘色奇蹟》繪本。

▌譯者簡介▌

洪文龍，六年級資優班，美國Rutgers大學婦女與性別研究碩士。因為不想成為傳統的男人，所以閱讀兒童繪本。最感動的一件事，就是在書店看到年輕的爸爸跟著小孩一起讀繪本。著有《GQ男人在發燒》（與畢恆達合寫）。

個人部落格 http://blog.yam.com/rutgers

■ 亞瑟小子 1 ■

我愛大鼻子

文．圖……馬可．布朗

譯……畢恆達 & 洪文龍

副總編輯……王明雪　執行編輯……林孜懃

美術設計……陳春惠　美術統籌……黃崑謀

發行人……王榮文

出版發行……遠流出版事業股份有限公司　台北市南昌路2段81號6樓

電話：(02) 2392-6899　傳真：(02) 2392-6658　郵撥：0189456-1

著作權顧問……蕭雄淋律師　法律顧問……王秀哲律師．董安丹律師

輸出印刷……中原造像股份有限公司

□2007年3月1日　初版一刷

行政院新聞局局版臺業字第1295號

定價……新台幣220元（缺頁或破損的書，請寄回更換）

ISBN 978-957-32-6001-1

遠流博識網 http://www.ylib.com　E-mail:ylib@ylib.com

遠流童書不落國 http://blog.ylib.com.tw/sss

Arthur's Nose

【亞瑟小子】姊妹作

全方位兒童身心靈繪本經典

涵蓋生命教育、環境教育、情緒管理、健康管理、人際關係的最佳啟蒙書

★美國《紐約時報》傑出圖書獎
★美國《學校圖書館期刊》年度最佳選書
★美國《出版者週刊》年度最佳童書獎
★美國圖書銷售協會精選年度最佳圖書
★亞馬遜網路書店五顆星最高評價

《恐龍上天堂》

死亡是生命的必然，但是經驗無法言說。這本書直接從生活情境中，提出許多對話的角度和思索的方向，並巧妙地以擬人化的恐龍家族，在讀者與議題間保留了適當的距離。

知名作家、兒童閱讀推動者

《恐龍交朋友》

會交朋友的人，一個我就成了一群的我，但朋友間的關係，常常複雜難解。本書提供了交朋友和做朋友的方法，也就是把複雜變簡單的竅門；知道了，學會了，真的就「四海之內皆兄弟也」！

兒童文學教授、繪本專家

《恐龍離婚記》

從兒童觀點談離婚這難以啟口的話題，作者以同理心娓娓道來這感傷艱鉅的過程，引領焦慮哀傷的孩子看到新生活的其他希望。

兒童心智科醫師

《恐龍愛自己》

三個女兒是我最窩心的寶貝。從小開始，教導她們如何從頭到腳、由裡到外全方位的愛惜自己，一直是我的重要課題。這本美國童書大師的精采繪本，將是師長與兒童最好的身心靈健康幫手。

影視廣播名人

《恐龍救地球》

正確的環保行為，愈早讓小孩熟悉，就愈能形成一生固著的習慣。這本圖畫書，把有效的環保知識融入兒童生活的情境中，寓教於畫，簡明易行，是本很好的兒童環保科普書！

曾志朗 前中研院副院長